MEIN FREUNDEBUCH

Erdbeere → ← Schoko

Lieblingsfarbe: Blau

:Johanna Miller

Mein Name

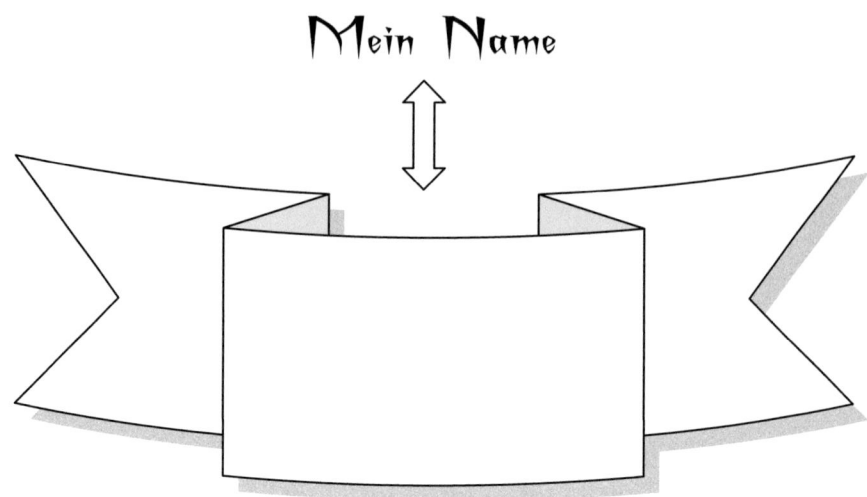

Meine Adresse:

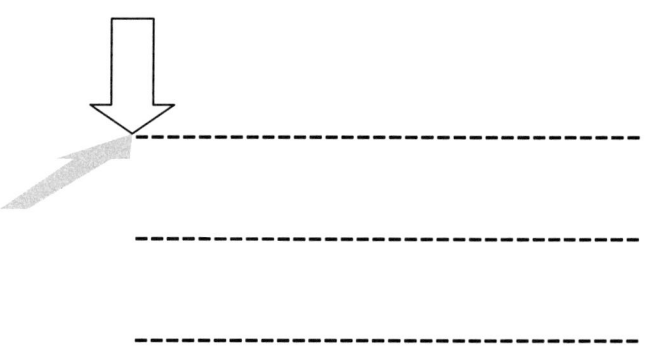

Heutiges Datum

Das bin ich

↓

Mein Foto

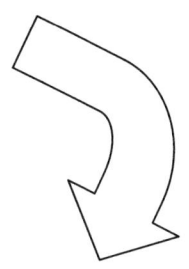

Vielen Dank dafür, dass du in mein Freundebuch schreibst. So werde ich immer eine Erinnerung an dich haben.

Du hast 4 Seiten zur Verfügung. Bitte verziere die Seiten, wenn dir danach ist.

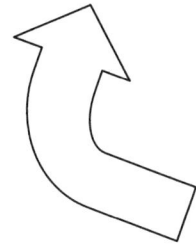

Wie ist dein Name:

Wie alt bist du:

Und wie alt bist du wirklich:

Bist du ein:

☀ Mensch oder eine ☾ - Eule?

Beschreibe dich in einem Satz, der sich reimt:

....

....

....

Dein aktueller Familienstand:

⟸ Hobby(s)

| Was trifft auf dich zu: | ☐ Tee | ☐ Kaffee | ☐ Kakao |

☐ Vegan ☐ Vegetarisch ☐ Fleischfresser

☐ Treppe ☐ Fahrstuhl ...falls Fahrstuhl, ab wie vielen Stockwerken:

☐ Morgenmuffel ☐ Morgenstund hat Gold im Mund

☐ Baggersee ☐ Schwimmbad

☐ Stadtmensch ☐ Landei

Wann und wie haben wir uns kennengelernt:

....

....

Lieblings-

Wochentag: _____

Essen: _____

Trinken: _____

Musik: _____

Tier: _____

Buch: _____

Film oder Serie: _____

Sport: _____

Was magst du an mir:

....

....

Was ist dir wichtiger, gutes Aussehen oder praktisch & bequem?
(z.B. bei Kleidung, Autos etc.):

....

⟵ **Deine Leidenschaft**

Dinge die du magst:	Dinge die du nicht leiden kannst:

Lieblings EIS-Sorten:

:Beruf, Traumberuf

Was ist dir Peinliches passiert:

:Dein tollstes Erlebnis

Zukunftswünsche:

Klebe hier ein Bild von dir ein. Gerne auch mehrere. Hast du kein Bild, dann male etwas:

Danke für deine Zeit

Wie ist dein Name:

Wie alt bist du:

Und wie alt bist du wirklich:

Bist du ein:

☀ Mensch oder eine ☾ - Eule?

Beschreibe dich in einem Satz, der sich reimt:

....

....

....

Dein aktueller Familienstand:

⬅ Hobby(s)

Was trifft auf dich zu: ☐ Tee ☐ Kaffee ☐ Kakao

☐ Vegan ☐ Vegetarisch ☐ Fleischfresser

☐ Treppe ☐ Fahrstuhl ...falls Fahrstuhl, ab wie vielen
Stockwerken:

☐ Morgenmuffel ☐ Morgenstund hat Gold im Mund

☐ Baggersee ☐ Schwimmbad

☐ Stadtmensch ☐ Landei

Wann und wie haben wir uns kennengelernt:

....

....

Lieblings

Wochentag: _____

Essen: _____

Trinken: _____

Musik: _____

Tier: _____

Buch: _____

Film oder Serie: _____

Sport: _____

Was magst du an mir:

....

....

Was ist dir wichtiger, gutes Aussehen oder praktisch & bequem?
(z.B. bei Kleidung, Autos etc.):

....

⇐ **Deine Leidenschaft**

Dinge die du magst:	Dinge die du nicht leiden kannst:

Lieblings EIS-Sorten:

:Beruf, Traumberuf

Was ist dir Peinliches passiert:

:Dein tollstes Erlebnis

Zukunftswünsche:

Klebe hier ein Bild von dir ein. Gerne auch mehrere. Hast du kein Bild, dann male etwas:

Wie ist dein Name:

Wie alt bist du:

Und wie alt bist du wirklich:

Bist du ein:

☀ Mensch oder eine ☾ - Eule?

Beschreibe dich in einem Satz, der sich reimt:

....

....

....

Dein aktueller Familienstand:

⇐ Hobby(s)

| Was trifft auf dich zu: | ☐ Tee | ☐ Kaffee | ☐ Kakao |

☐ Vegan ☐ Vegetarisch ☐ Fleischfresser

☐ Treppe ☐ Fahrstuhl ...falls Fahrstuhl, ab wie vielen Stockwerken:

☐ Morgenmuffel ☐ Morgenstund hat Gold im Mund

☐ Baggersee ☐ Schwimmbad

☐ Stadtmensch ☐ Landei

Wann und wie haben wir uns kennengelernt:

....

....

Lieblings-

Wochentag: _____

Essen: _____

Trinken: _____

Musik: _____

Tier: _____

Buch: _____

Film oder Serie: _____

Sport: _____

Was magst du an mir:

....

....

Was ist dir wichtiger, gutes Aussehen oder praktisch & bequem?
(z.B. bei Kleidung, Autos etc.):

....

⇐ **Deine Leidenschaft**

Dinge die du magst:	Dinge die du nicht leiden kannst:

Lieblings EIS-Sorten:

:Beruf, Traumberuf

Was ist dir Peinliches passiert:

:Dein tollstes Erlebnis

Zukunftswünsche:

Klebe hier ein Bild von dir ein. Gerne auch mehrere. Hast du kein Bild, dann male etwas:

Wie ist dein Name:

Wie alt bist du:

Und wie alt bist du wirklich:

Bist du ein:

☀ Mensch oder eine ☾ - Eule?

Beschreibe dich in einem Satz, der sich reimt:

....

....

....

Dein aktueller Familienstand:

⟸ Hobby(s)

Was trifft auf dich zu: ☐ Tee   ☐ Kaffee   ☐ Kakao

☐ Vegan ☐ Vegetarisch   ☐ Fleischfresser

☐ Treppe   ☐ Fahrstuhl ...falls Fahrstuhl, ab wie vielen
Stockwerken:

☐ Morgenmuffel   ☐ Morgenstund hat Gold im Mund

☐ Baggersee   ☐ Schwimmbad

☐ Stadtmensch   ☐ Landei

Wann und wie haben wir uns kennengelernt:

....

....

Lieblings-

Wochentag: _____

Essen: _____

Trinken: _____

Musik: _____

Tier: _____

Buch: _____

Film oder Serie: _____

Sport: _____

Was magst du an mir:

....

....

Was ist dir wichtiger, gutes Aussehen oder praktisch & bequem?
(z.B. bei Kleidung, Autos etc.):

....

⟸ Deine Leidenschaft

Dinge die du magst: | **Dinge die du nicht leiden kannst:**

Lieblings EIS-Sorten:

:Beruf, Traumberuf

Was ist dir Peinliches passiert:

:Dein tollstes Erlebnis

Zukunftswünsche:

Klebe hier ein Bild von dir ein. Gerne auch mehrere. Hast du kein Bild, dann male etwas:

Danke für deine Zeit

Wie ist dein Name:

Wie alt bist du:

Und wie alt bist du wirklich:

Bist du ein:

☀ Mensch oder eine ☾ - Eule?

Beschreibe dich in einem Satz, der sich reimt:

....

....

....

Dein aktueller Familienstand:

⟸ Hobby(s)

| Was trifft auf dich zu: | ☐ Tee | ☐ Kaffee | ☐ Kakao |

☐ Vegan ☐ Vegetarisch ☐ Fleischfresser

☐ Treppe ☐ Fahrstuhl ...falls Fahrstuhl, ab wie vielen
Stockwerken:

☐ Morgenmuffel ☐ Morgenstund hat Gold im Mund

☐ Baggersee ☐ Schwimmbad

☐ Stadtmensch ☐ Landei

Wann und wie haben wir uns kennengelernt:

....

....

Lieblings-

Wochentag: _____

Essen: _____

Trinken: _____

Musik: _____

Tier: _____

Buch: _____

Film oder Serie: _____

Sport: _____

Was magst du an mir:

....

....

Was ist dir wichtiger, gutes Aussehen oder praktisch & bequem?
(z.B. bei Kleidung, Autos etc.):

....

⟸ Deine Leidenschaft

Dinge die du magst:	Dinge die du nicht leiden kannst:

Lieblings EIS-Sorten:

:Beruf, Traumberuf

Was ist dir Peinliches passiert:

:Dein tollstes Erlebnis

Zukunftswünsche:

Klebe hier ein Bild von dir ein. Gerne auch mehrere. Hast du kein Bild, dann male etwas:

Danke für deine Zeit

Wie ist dein Name:

Wie alt bist du:

Und wie alt bist du wirklich:

Bist du ein:

☀ Mensch oder eine ☽ - Eule?

Beschreibe dich in einem Satz, der sich reimt:

....

....

....

Dein aktueller Familienstand:

⟸ Hobby(s)

Was trifft auf dich zu: ☐ Tee ☐ Kaffee ☐ Kakao

☐ Vegan ☐ Vegetarisch ☐ Fleischfresser

☐ Treppe ☐ Fahrstuhl ...falls Fahrstuhl, ab wie vielen
Stockwerken:

☐ Morgenmuffel ☐ Morgenstund hat Gold im Mund

☐ Baggersee ☐ Schwimmbad

☐ Stadtmensch ☐ Landei

Wann und wie haben wir uns kennengelernt:

....

....

Lieblings-

Wochentag: _____

Essen: _____

Trinken: _____

Musik: _____

Tier: _____

Buch: _____

Film oder Serie: _____

Sport: _____

Was magst du an mir:

....

....

Was ist dir wichtiger, gutes Aussehen oder praktisch & bequem?
(z.B. bei Kleidung, Autos etc.):

....

⟸ **Deine Leidenschaft**

Dinge die du magst: Dinge die du nicht leiden kannst:

Lieblings EIS-Sorten:

:Beruf, Traumberuf

Was ist dir Peinliches passiert:

:Dein tollstes Erlebnis

Zukunftswünsche:

Klebe hier ein Bild von dir ein. Gerne auch mehrere. Hast du kein Bild, dann male etwas:

Danke für deine Zeit

Wie ist dein Name:

Wie alt bist du:

Und wie alt bist du wirklich:

Bist du ein:

☀ Mensch oder eine ☾ - Eule?

Beschreibe dich in einem Satz, der sich reimt:

....

....

....

Dein aktueller Familienstand:

⇐ Hobby(s)

| Was trifft auf dich zu: | ☐ Tee | ☐ Kaffee | ☐ Kakao |

☐ Vegan ☐ Vegetarisch ☐ Fleischfresser

☐ Treppe ☐ Fahrstuhl ...falls Fahrstuhl, ab wie vielen Stockwerken:

☐ Morgenmuffel ☐ Morgenstund hat Gold im Mund

☐ Baggersee ☐ Schwimmbad

☐ Stadtmensch ☐ Landei

Wann und wie haben wir uns kennengelernt:

....

....

Lieblings-

Wochentag: _____

Essen: _____

Trinken: _____

Musik: _____

Tier: _____

Buch: _____

Film oder Serie: _____

Sport: _____

Was magst du an mir:

....

....

Was ist dir wichtiger, gutes Aussehen oder praktisch & bequem?
(z.B. bei Kleidung, Autos etc.):

....

$\Longleftarrow$ Deine Leidenschaft

Dinge die du magst:	Dinge die du nicht leiden kannst:

Lieblings EIS-Sorten:

:Beruf, Traumberuf

Was ist dir Peinliches passiert:

:Dein tollstes Erlebnis

Zukunftswünsche:

Klebe hier ein Bild von dir ein. Gerne auch mehrere. Hast du kein Bild, dann male etwas:

Wie ist dein Name:

Wie alt bist du:

Und wie alt bist du wirklich:

Bist du ein:

☀ Mensch oder eine ☾ – Eule?

Beschreibe dich in einem Satz, der sich reimt:

....

....

....

Dein aktueller Familienstand:

⟸ Hobby(s)

| Was trifft auf dich zu: | ☐ Tee | ☐ Kaffee | ☐ Kakao |

☐ Vegan ☐ Vegetarisch ☐ Fleischfresser

☐ Treppe ☐ Fahrstuhl ...falls Fahrstuhl, ab wie vielen
Stockwerken:

☐ Morgenmuffel ☐ Morgenstund hat Gold im Mund

☐ Baggersee ☐ Schwimmbad

☐ Stadtmensch ☐ Landei

Wann und wie haben wir uns kennengelernt:

....

....

Lieblings-

Wochentag: _____

Essen: _____

Trinken: _____

Musik: _____

Tier: _____

Buch: _____

Film oder Serie: _____

Sport: _____

Was magst du an mir:

....

....

Was ist dir wichtiger, gutes Aussehen oder praktisch & bequem?
(z.B. bei Kleidung, Autos etc.):

....

⇐ **Deine Leidenschaft**

Dinge die du magst: Dinge die du nicht leiden kannst:

Lieblings EIS-Sorten:

:Beruf, Traumberuf

Was ist dir Peinliches passiert:

:Dein tollstes Erlebnis

Zukunftswünsche:

Klebe hier ein Bild von dir ein. Gerne auch mehrere. Hast du kein Bild, dann male etwas:

Danke für deine Zeit

Wie ist dein Name:

Wie alt bist du:

Und wie alt bist du wirklich:

Bist du ein:

☀ Mensch oder eine ☾ - Eule?

Beschreibe dich in einem Satz, der sich reimt:

....

....

....

Dein aktueller Familienstand:

⇐ Hobby(s)

| Was trifft auf dich zu: | ☐ Tee | ☐ Kaffee | ☐ Kakao |

☐ Vegan ☐ Vegetarisch ☐ Fleischfresser

☐ Treppe ☐ Fahrstuhl ...falls Fahrstuhl, ab wie vielen Stockwerken:

☐ Morgenmuffel ☐ Morgenstund hat Gold im Mund

☐ Baggersee ☐ Schwimmbad

☐ Stadtmensch ☐ Landei

Wann und wie haben wir uns kennengelernt:

....

....

Lieblings-

Wochentag: _____

Essen: _____

Trinken: _____

Musik: _____

Tier: _____

Buch: _____

Film oder Serie: _____

Sport: _____

Was magst du an mir:

....

....

Was ist dir wichtiger, gutes Aussehen oder praktisch & bequem?
(z.B. bei Kleidung, Autos etc.):

....

$\Longleftarrow$ Deine Leidenschaft

Dinge die du magst: Dinge die du nicht leiden kannst:

Lieblings EIS-Sorten:

:Beruf, Traumberuf

Was ist dir Peinliches passiert:

:Dein tollstes Erlebnis

Zukunftswünsche:

Klebe hier ein Bild von dir ein. Gerne auch mehrere. Hast du kein Bild, dann male etwas:

Danke für deine Zeit

Wie ist dein Name:

Wie alt bist du:

Und wie alt bist du wirklich:

Bist du ein:

☀ Mensch oder eine ☾ - Eule?

Beschreibe dich in einem Satz, der sich reimt:

....

....

....

Dein aktueller Familienstand:

⟸ Hobby(s)

| Was trifft auf dich zu: | ☐ Tee | ☐ Kaffee | ☐ Kakao |

☐ Vegan ☐ Vegetarisch ☐ Fleischfresser

☐ Treppe ☐ Fahrstuhl ...falls Fahrstuhl, ab wie vielen Stockwerken:

☐ Morgenmuffel ☐ Morgenstund hat Gold im Mund

☐ Baggersee ☐ Schwimmbad

☐ Stadtmensch ☐ Landei

Wann und wie haben wir uns kennengelernt:

....

....

Lieblings-

Wochentag: ————————————————————————

Essen: ————————————————————————

Trinken: ————————————————————————

Musik: ————————————————————————

Tier: ————————————————————————

Buch: ————————————————————————

Film oder Serie: ————————————————————————

Sport: ————————————————————————

Was magst du an mir:

....

....

Was ist dir wichtiger, gutes Aussehen oder praktisch & bequem?
(z.B. bei Kleidung, Autos etc.):

....

⇐══ **Deine Leidenschaft**

Dinge die du magst:	Dinge die du nicht leiden kannst:

Lieblings EIS-Sorten:

:Beruf, Traumberuf

Was ist dir Peinliches passiert:

:Dein tollstes Erlebnis

Zukunftswünsche:

Klebe hier ein Bild von dir ein. Gerne auch mehrere. Hast du kein Bild, dann male etwas:

Danke für deine Zeit

Wie ist dein Name:

Wie alt bist du:

Und wie alt bist du wirklich:

Bist du ein:

☀ Mensch oder eine ☾ - Eule?

Beschreibe dich in einem Satz, der sich reimt:

....

....

....

Dein aktueller Familienstand:

⟸ Hobby(s)

Was trifft auf dich zu: ☐ Tee ☐ Kaffee ☐ Kakao

☐ Vegan ☐ Vegetarisch ☐ Fleischfresser

☐ Treppe ☐ Fahrstuhl ...falls Fahrstuhl, ab wie vielen
Stockwerken:

☐ Morgenmuffel ☐ Morgenstund hat Gold im Mund

☐ Baggersee ☐ Schwimmbad

☐ Stadtmensch ☐ Landei

Wann und wie haben wir uns kennengelernt:

....

....

Lieblings-

Wochentag: _____

Essen: _____

Trinken: _____

Musik: _____

Tier: _____

Buch: _____

Film oder Serie: _____

Sport: _____

Was magst du an mir:

....

....

Was ist dir wichtiger, gutes Aussehen oder praktisch & bequem?
(z.B. bei Kleidung, Autos etc.):

....

⇐ Deine Leidenschaft

Dinge die du magst: | Dinge die du nicht leiden kannst:

Lieblings EIS-Sorten:

:Beruf, Traumberuf

Was ist dir Peinliches passiert:

:Dein tollstes Erlebnis

Zukunftswünsche:

Klebe hier ein Bild von dir ein. Gerne auch mehrere. Hast du kein Bild, dann male etwas:

Danke für deine Zeit

Wie ist dein Name:

Wie alt bist du:

Und wie alt bist du wirklich:

Bist du ein:

☀ Mensch oder eine ☾ - Eule?

Beschreibe dich in einem Satz, der sich reimt:

....

....

....

Dein aktueller Familienstand:

⟸ Hobby(s)

Was trifft auf dich zu: ☐ Tee ☐ Kaffee ☐ Kakao

☐ Vegan ☐ Vegetarisch ☐ Fleischfresser

☐ Treppe ☐ Fahrstuhl ...falls Fahrstuhl, ab wie vielen
Stockwerken:

☐ Morgenmuffel ☐ Morgenstund hat Gold im Mund

☐ Baggersee ☐ Schwimmbad

☐ Stadtmensch ☐ Landei

Wann und wie haben wir uns kennengelernt:

....

....

Lieblings-

Wochentag: _____

Essen: _____

Trinken: _____

Musik: _____

Tier: _____

Buch: _____

Film oder Serie: _____

Sport: _____

Was magst du an mir:

....

....

Was ist dir wichtiger, gutes Aussehen oder praktisch & bequem?
(z.B. bei Kleidung, Autos etc.):

....

⟸ **Deine Leidenschaft**

Dinge die du magst:	Dinge die du nicht leiden kannst:

Lieblings EIS-Sorten:

:Beruf, Traumberuf

Was ist dir Peinliches passiert:

:Dein tollstes Erlebnis

Zukunftswünsche:

Klebe hier ein Bild von dir ein. Gerne auch mehrere. Hast du kein Bild, dann male etwas:

Wie ist dein Name:

Wie alt bist du:

Und wie alt bist du wirklich:

Bist du ein:

☼ Mensch oder eine ☾ - Eule?

Beschreibe dich in einem Satz, der sich reimt:

....

....

....

Dein aktueller Familienstand:

⟸ Hobby(s)

| Was trifft auf dich zu: | ☐ Tee | ☐ Kaffee | ☐ Kakao |

☐ Vegan ☐ Vegetarisch ☐ Fleischfresser

☐ Treppe ☐ Fahrstuhl ...falls Fahrstuhl, ab wie vielen Stockwerken:

☐ Morgenmuffel ☐ Morgenstund hat Gold im Mund

☐ Baggersee ☐ Schwimmbad

☐ Stadtmensch ☐ Landei

Wann und wie haben wir uns kennengelernt:

....

....

Lieblings-

Wochentag: ⁓⁓⁓⁓⁓⁓⁓⁓⁓⁓⁓⁓⁓⁓⁓⁓⁓⁓⁓

Essen: ⁓⁓⁓⁓⁓⁓⁓⁓⁓⁓⁓⁓⁓⁓⁓⁓⁓⁓⁓

Trinken: ⁓⁓⁓⁓⁓⁓⁓⁓⁓⁓⁓⁓⁓⁓⁓⁓

Musik: ⁓⁓⁓⁓⁓⁓⁓⁓⁓⁓⁓⁓⁓⁓⁓⁓⁓⁓⁓

Tier: ⁓⁓⁓⁓⁓⁓⁓⁓⁓⁓⁓⁓⁓⁓⁓⁓⁓⁓⁓

Buch: ⁓⁓⁓⁓⁓⁓⁓⁓⁓⁓⁓⁓⁓⁓⁓⁓⁓

Film oder Serie: ⁓⁓⁓⁓⁓⁓⁓⁓⁓⁓⁓⁓⁓

Sport: ⁓⁓⁓⁓⁓⁓⁓⁓⁓⁓⁓⁓⁓⁓⁓⁓⁓⁓⁓

Was magst du an mir:

....

....

Was ist dir wichtiger, gutes Aussehen oder praktisch & bequem?
(z.B. bei Kleidung, Autos etc.):

....

⟸ **Deine Leidenschaft**

Dinge die du magst:	Dinge die du nicht leiden kannst:

Lieblings EIS-Sorten:

:Beruf, Traumberuf

Was ist dir Peinliches passiert:

:Dein tollstes Erlebnis

Zukunftswünsche:

Klebe hier ein Bild von dir ein. Gerne auch mehrere. Hast du kein Bild, dann male etwas:

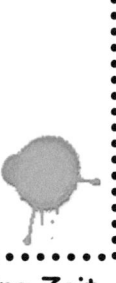

Danke für deine Zeit

Wie ist dein Name:

Wie alt bist du:

Und wie alt bist du wirklich:

Bist du ein:

☼ Mensch oder eine ☾ - Eule?

Beschreibe dich in einem Satz, der sich reimt:

....

....

....

Dein aktueller Familienstand:

⟸ Hobby(s)

Was trifft auf dich zu: ☐ Tee ☐ Kaffee ☐ Kakao

☐ Vegan ☐ Vegetarisch ☐ Fleischfresser

☐ Treppe ☐ Fahrstuhl ...falls Fahrstuhl, ab wie vielen
Stockwerken:

☐ Morgenmuffel ☐ Morgenstund hat Gold im Mund

☐ Baggersee ☐ Schwimmbad

☐ Stadtmensch ☐ Landei

Wann und wie haben wir uns kennengelernt:

....

....

Lieblings-

Wochentag: _____

Essen: _____

Trinken: _____

Musik: _____

Tier: _____

Buch: _____

Film oder Serie: _____

Sport: _____

Was magst du an mir:

....

....

Was ist dir wichtiger, gutes Aussehen oder praktisch & bequem?
(z.B. bei Kleidung, Autos etc.):

....

⟸ **Deine Leidenschaft**

Dinge die du magst: | Dinge die du nicht leiden kannst:

Lieblings EIS-Sorten:

:Beruf, Traumberuf

Was ist dir Peinliches passiert:

:Dein tollstes Erlebnis

Zukunftswünsche:

Klebe hier ein Bild von dir ein. Gerne auch mehrere. Hast du kein Bild, dann male etwas:

Danke für deine Zeit

Wie ist dein Name:

Wie alt bist du:

Und wie alt bist du wirklich:

Bist du ein:

☀ Mensch oder eine ☾ - Eule?

Beschreibe dich in einem Satz, der sich reimt:

....

....

....

Dein aktueller Familienstand:

⟸ Hobby(s)

Was trifft auf dich zu: ☐ Tee ☐ Kaffee ☐ Kakao

☐ Vegan ☐ Vegetarisch ☐ Fleischfresser

☐ Treppe ☐ Fahrstuhl ...falls Fahrstuhl, ab wie vielen
Stockwerken:

☐ Morgenmuffel ☐ Morgenstund hat Gold im Mund

☐ Baggersee ☐ Schwimmbad

☐ Stadtmensch ☐ Landei

Wann und wie haben wir uns kennengelernt:

....

....

Lieblings-

Wochentag: _____

Essen: _____

Trinken: _____

Musik: _____

Tier: _____

Buch: _____

Film oder Serie: _____

Sport: _____

Was magst du an mir:

....

....

Was ist dir wichtiger, gutes Aussehen oder praktisch & bequem?
(z.B. bei Kleidung, Autos etc.):

....

⇐ **Deine Leidenschaft**

Dinge die du magst:	Dinge die du nicht leiden kannst:

Lieblings EIS-Sorten:

:Beruf, Traumberuf

Was ist dir Peinliches passiert:

:Dein tollstes Erlebnis

Zukunftswünsche:

Klebe hier ein Bild von dir ein. Gerne auch mehrere. Hast du kein Bild, dann male etwas:

Danke für deine Zeit

Wie ist dein Name:

Wie alt bist du:

Und wie alt bist du wirklich:

Bist du ein:

Mensch oder eine ☾ - Eule?

Beschreibe dich in einem Satz, der sich reimt:

....

....

....

Dein aktueller Familienstand:

⇐ Hobby(s)

Was trifft auf dich zu: ☐ Tee ☐ Kaffee ☐ Kakao

☐ Vegan ☐ Vegetarisch ☐ Fleischfresser

☐ Treppe ☐ Fahrstuhl ...falls Fahrstuhl, ab wie vielen Stockwerken:

☐ Morgenmuffel ☐ Morgenstund hat Gold im Mund

☐ Baggersee ☐ Schwimmbad

☐ Stadtmensch ☐ Landei

Wann und wie haben wir uns kennengelernt:

....

....

Lieblings-

Wochentag: _____

Essen: _____

Trinken: _____

Musik: _____

Tier: _____

Buch: _____

Film oder Serie: _____

Sport: _____

Was magst du an mir:

....

....

Was ist dir wichtiger, gutes Aussehen oder praktisch & bequem?
(z.B. bei Kleidung, Autos etc.):

....

⇐ **Deine Leidenschaft**

Dinge die du magst:	Dinge die du nicht leiden kannst:

Lieblings EIS-Sorten:

:Beruf, Traumberuf

Was ist dir Peinliches passiert:

:Dein tollstes Erlebnis

Zukunftswünsche:

Klebe hier ein Bild von dir ein. Gerne auch mehrere. Hast du kein Bild, dann male etwas:

Danke für deine Zeit

Wie ist dein Name:

Wie alt bist du:

Und wie alt bist du wirklich:

Bist du ein:

☀ Mensch oder eine ☾ - Eule?

Beschreibe dich in einem Satz, der sich reimt:

....

....

....

Dein aktueller Familienstand:

⟸ Hobby(s)

| Was trifft auf dich zu: | ☐ Tee | ☐ Kaffee | ☐ Kakao |

☐ Vegan ☐ Vegetarisch ☐ Fleischfresser

☐ Treppe ☐ Fahrstuhl ...falls Fahrstuhl, ab wie vielen Stockwerken:

☐ Morgenmuffel ☐ Morgenstund hat Gold im Mund

☐ Baggersee ☐ Schwimmbad

☐ Stadtmensch ☐ Landei

Wann und wie haben wir uns kennengelernt:

....

....

Lieblings-

Wochentag: _____

Essen: _____

Trinken: _____

Musik: _____

Tier: _____

Buch: _____

Film oder Serie: _____

Sport: _____

Was magst du an mir:

....

....

Was ist dir wichtiger, gutes Aussehen oder praktisch & bequem?
(z.B. bei Kleidung, Autos etc.):

....

⟵ Deine Leidenschaft

Dinge die du magst: Dinge die du nicht leiden kannst:

Lieblings EIS-Sorten:

:Beruf, Traumberuf

Was ist dir Peinliches passiert:

:Dein tollstes Erlebnis

Zukunftswünsche:

Klebe hier ein Bild von dir ein. Gerne auch mehrere. Hast du kein Bild, dann male etwas:

Danke für deine Zeit

Wie ist dein Name:

Wie alt bist du:

Und wie alt bist du wirklich:

Bist du ein:

☀ Mensch oder eine ☾ - Eule?

Beschreibe dich in einem Satz, der sich reimt:

....

....

....

Dein aktueller Familienstand:

⟸ Hobby(s)

| Was trifft auf dich zu: | ☐ Tee | ☐ Kaffee | ☐ Kakao |

☐ Vegan ☐ Vegetarisch ☐ Fleischfresser

☐ Treppe ☐ Fahrstuhl ...falls Fahrstuhl, ab wie vielen
Stockwerken:

☐ Morgenmuffel ☐ Morgenstund hat Gold im Mund

☐ Baggersee ☐ Schwimmbad

☐ Stadtmensch ☐ Landei

Wann und wie haben wir uns kennengelernt:

....

....

Lieblings-

Wochentag: _____

Essen: _____

Trinken: _____

Musik: _____

Tier: _____

Buch: _____

Film oder Serie: _____

Sport: _____

Was magst du an mir:

....

....

Was ist dir wichtiger, gutes Aussehen oder praktisch & bequem?
(z.B. bei Kleidung, Autos etc.):

....

⟸ Deine Leidenschaft

Dinge die du magst:	Dinge die du nicht leiden kannst:

Lieblings EIS-Sorten:

:Beruf, Traumberuf

Was ist dir Peinliches passiert:

:Dein tollstes Erlebnis

Zukunftswünsche:

Klebe hier ein Bild von dir ein. Gerne auch mehrere. Hast du kein Bild, dann male etwas:

Wie ist dein Name:

Wie alt bist du:

Und wie alt bist du wirklich:

Bist du ein:

Mensch oder eine ☾ - Eule?

Beschreibe dich in einem Satz, der sich reimt:

....

....

....

Dein aktueller Familienstand:

⇐ Hobby(s)

Was trifft auf dich zu: ☐ Tee ☐ Kaffee ☐ Kakao

☐ Vegan ☐ Vegetarisch ☐ Fleischfresser

☐ Treppe ☐ Fahrstuhl ...falls Fahrstuhl, ab wie vielen Stockwerken:

☐ Morgenmuffel ☐ Morgenstund hat Gold im Mund

☐ Baggersee ☐ Schwimmbad

☐ Stadtmensch ☐ Landei

Wann und wie haben wir uns kennengelernt:

....

....

Lieblings-

Wochentag: _____

Essen: _____

Trinken: _____

Musik: _____

Tier: _____

Buch: _____

Film oder Serie: _____

Sport: _____

Was magst du an mir:

....

....

Was ist dir wichtiger, gutes Aussehen oder praktisch & bequem?
(z.B. bei Kleidung, Autos etc.):

....

⟵ **Deine Leidenschaft**

Dinge die du magst:	Dinge die du nicht leiden kannst:

Lieblings EIS-Sorten:

:Beruf, Traumberuf

Was ist dir Peinliches passiert:

:Dein tollstes Erlebnis

Zukunftswünsche:

Klebe hier ein Bild von dir ein. Gerne auch mehrere. Hast du kein Bild, dann male etwas:

Danke für deine Zeit

Wie ist dein Name:

Wie alt bist du:

Und wie alt bist du wirklich:

Bist du ein:

☀ Mensch oder eine ☾ – Eule?

Beschreibe dich in einem Satz, der sich reimt:

....

....

....

Dein aktueller Familienstand:

⟸ Hobby(s)

Was trifft auf dich zu: ☐ Tee ☐ Kaffee ☐ Kakao

☐ Vegan ☐ Vegetarisch ☐ Fleischfresser

☐ Treppe ☐ Fahrstuhl ...falls Fahrstuhl, ab wie vielen
Stockwerken:

☐ Morgenmuffel ☐ Morgenstund hat Gold im Mund

☐ Baggersee ☐ Schwimmbad

☐ Stadtmensch ☐ Landei

Wann und wie haben wir uns kennengelernt:

....

....

Lieblings-

Wochentag: _____

Essen: _____

Trinken: _____

Musik: _____

Tier: _____

Buch: _____

Film oder Serie: _____

Sport: _____

Was magst du an mir:

....

....

Was ist dir wichtiger, gutes Aussehen oder praktisch & bequem?
(z.B. bei Kleidung, Autos etc.):

....

⟸ Deine Leidenschaft

Dinge die du magst: | Dinge die du nicht leiden kannst:

Lieblings EIS-Sorten:

:Beruf, Traumberuf

Was ist dir Peinliches passiert:

:Dein tollstes Erlebnis

Zukunftswünsche:

Klebe hier ein Bild von dir ein. Gerne auch mehrere. Hast du kein Bild, dann male etwas:

Danke für deine Zeit

Wie ist dein Name:

Wie alt bist du:

Und wie alt bist du wirklich:

Bist du ein:

☀ Mensch oder eine ☾ - Eule?

Beschreibe dich in einem Satz, der sich reimt:

....

....

....

Dein aktueller Familienstand:

⇐ Hobby(s)

| Was trifft auf dich zu: | ☐ Tee | ☐ Kaffee | ☐ Kakao |

☐ Vegan ☐ Vegetarisch ☐ Fleischfresser

☐ Treppe ☐ Fahrstuhl ...falls Fahrstuhl, ab wie vielen
Stockwerken:

☐ Morgenmuffel ☐ Morgenstund hat Gold im Mund

☐ Baggersee ☐ Schwimmbad

☐ Stadtmensch ☐ Landei

Wann und wie haben wir uns kennengelernt:

....

....

Lieblings-

Wochentag: ——————————————————————

Essen: ——————————————————————

Trinken: ——————————————————————

Musik: ——————————————————————

Tier: ——————————————————————

Buch: ——————————————————————

Film oder Serie: ——————————————————————

Sport: ——————————————————————

Was magst du an mir:

....

....

Was ist dir wichtiger, gutes Aussehen oder praktisch & bequem?
(z.B. bei Kleidung, Autos etc.):

....

⇐ **Deine Leidenschaft**

Dinge die du magst:	Dinge die du nicht leiden kannst:

Lieblings EIS-Sorten:

:Beruf, Traumberuf

Was ist dir Peinliches passiert:

:Dein tollstes Erlebnis

Zukunftswünsche:

Klebe hier ein Bild von dir ein. Gerne auch mehrere. Hast du kein Bild, dann male etwas:

Danke für deine Zeit

Wie ist dein Name:

Wie alt bist du:

Und wie alt bist du wirklich:

Bist du ein:

☼ Mensch oder eine ☾ - Eule?

Beschreibe dich in einem Satz, der sich reimt:

....

....

....

Dein aktueller Familienstand:

⇐ Hobby(s)

| Was trifft auf dich zu: | ☐ Tee | ☐ Kaffee | ☐ Kakao |

☐ Vegan ☐ Vegetarisch ☐ Fleischfresser

☐ Treppe ☐ Fahrstuhl ...falls Fahrstuhl, ab wie vielen Stockwerken:

☐ Morgenmuffel ☐ Morgenstund hat Gold im Mund

☐ Baggersee ☐ Schwimmbad

☐ Stadtmensch ☐ Landei

Wann und wie haben wir uns kennengelernt:

....

....

Lieblings-

Wochentag: _____

Essen: _____

Trinken: _____

Musik: _____

Tier: _____

Buch: _____

Film oder Serie: _____

Sport: _____

Was magst du an mir:

....

....

Was ist dir wichtiger, gutes Aussehen oder praktisch & bequem?
(z.B. bei Kleidung, Autos etc.):

....

⟸ Deine Leidenschaft

Dinge die du magst: Dinge die du nicht leiden kannst:

Lieblings EIS-Sorten:

:Beruf, Traumberuf

Was ist dir Peinliches passiert:

:Dein tollstes Erlebnis

Zukunftswünsche:

Klebe hier ein Bild von dir ein. Gerne auch mehrere. Hast du kein Bild, dann male etwas:

Danke für deine Zeit

Wie ist dein Name:

Wie alt bist du:

Und wie alt bist du wirklich:

Bist du ein:

☼ Mensch oder eine ☾ - Eule?

Beschreibe dich in einem Satz, der sich reimt:

....

....

....

Dein aktueller Familienstand:

⇐ Hobby(s)

| Was trifft auf dich zu: | ☐ Tee | ☐ Kaffee | ☐ Kakao |

☐ Vegan ☐ Vegetarisch ☐ Fleischfresser

☐ Treppe ☐ Fahrstuhl ...falls Fahrstuhl, ab wie vielen Stockwerken:

☐ Morgenmuffel ☐ Morgenstund hat Gold im Mund

☐ Baggersee ☐ Schwimmbad

☐ Stadtmensch ☐ Landei

Wann und wie haben wir uns kennengelernt:

....

....

Lieblings-

Wochentag: ─────────────────────────

Essen: ─────────────────────────

Trinken: ─────────────────────────

Musik: ─────────────────────────

Tier: ─────────────────────────

Buch: ─────────────────────────

Film oder Serie: ─────────────────────────

Sport: ─────────────────────────

Was magst du an mir:

....

....

Was ist dir wichtiger, gutes Aussehen oder praktisch & bequem?
(z.B. bei Kleidung, Autos etc.):

....

⟵▭ Deine Leidenschaft

Dinge die du magst:	Dinge die du nicht leiden kannst:

Lieblings EIS-Sorten:

:Beruf, Traumberuf

Was ist dir Peinliches passiert:

:Dein tollstes Erlebnis

Zukunftswünsche:

Klebe hier ein Bild von dir ein. Gerne auch mehrere. Hast du kein Bild, dann male etwas:

Danke für deine Zeit

Wie ist dein Name:

Wie alt bist du:

Und wie alt bist du wirklich:

Bist du ein:

☀ Mensch oder eine ☾ – Eule?

Beschreibe dich in einem Satz, der sich reimt:

....

....

....

Dein aktueller Familienstand:

⇐ Hobby(s)

| Was trifft auf dich zu: | ☐ Tee | ☐ Kaffee | ☐ Kakao |

☐ Vegan ☐ Vegetarisch ☐ Fleischfresser

☐ Treppe ☐ Fahrstuhl ...falls Fahrstuhl, ab wie vielen
Stockwerken:

☐ Morgenmuffel ☐ Morgenstund hat Gold im Mund

☐ Baggersee ☐ Schwimmbad

☐ Stadtmensch ☐ Landei

Wann und wie haben wir uns kennengelernt:

....

....

Lieblings-

Wochentag: _____

Essen: _____

Trinken: _____

Musik: _____

Tier: _____

Buch: _____

Film oder Serie: _____

Sport: _____

Was magst du an mir:

....

....

Was ist dir wichtiger, gutes Aussehen oder praktisch & bequem?
(z.B. bei Kleidung, Autos etc.):

....

⟵ **Deine Leidenschaft**

Dinge die du magst:	Dinge die du nicht leiden kannst:

Lieblings EIS-Sorten:

:Beruf, Traumberuf

Was ist dir Peinliches passiert:

:Dein tollstes Erlebnis

Zukunftswünsche:

Klebe hier ein Bild von dir ein. Gerne auch mehrere. Hast du kein Bild, dann male etwas:

Danke für deine Zeit

Wie ist dein Name:

Wie alt bist du:

Und wie alt bist du wirklich:

Bist du ein:

☀ Mensch oder eine ☽ - Eule?

Beschreibe dich in einem Satz, der sich reimt:

....

....

....

Dein aktueller Familienstand:

⇐ Hobby(s)

| Was trifft auf dich zu: | ☐ Tee | ☐ Kaffee | ☐ Kakao |

☐ Vegan ☐ Vegetarisch ☐ Fleischfresser

☐ Treppe ☐ Fahrstuhl ...falls Fahrstuhl, ab wie vielen Stockwerken:

☐ Morgenmuffel ☐ Morgenstund hat Gold im Mund

☐ Baggersee ☐ Schwimmbad

☐ Stadtmensch ☐ Landei

Wann und wie haben wir uns kennengelernt:

....

....

Lieblings-

Wochentag: _____

Essen: _____

Trinken: _____

Musik: _____

Tier: _____

Buch: _____

Film oder Serie: _____

Sport: _____

Was magst du an mir:

....

....

Was ist dir wichtiger, gutes Aussehen oder praktisch & bequem?
(z.B. bei Kleidung, Autos etc.):

....

⟸ **Deine Leidenschaft**

Dinge die du magst: Dinge die du nicht leiden kannst:

Lieblings EIS-Sorten:

:Beruf, Traumberuf

Was ist dir Peinliches passiert:

:Dein tollstes Erlebnis

Zukunftswünsche:

Klebe hier ein Bild von dir ein. Gerne auch mehrere. Hast du kein Bild, dann male etwas:

Danke für deine Zeit

Weitere Bücher des Verlages:

Das Partyspielebuch – Johanna Miller

Viele tolle Partyspiele für verschiedene Anlässe, wie zum Beispiel:

Hochzeitsspiele, Geburtstagsspiele, Familienfestspiele, Trinkspiele, Babyshower...

Mit Liste der benötigten Sachen für jedes Spiel.

Paperback, 100 Seiten, ISBN-13: 978-3-7412-8987-3

Johanna Miller

Das Partyspiele Buch

Für verschiedene Anlässe
Hochzeitsspiele, Geburtstags- / Familienfestspiele,
Partys, Trinkspiele, Babyshower

Mal Mich – Skulls – Danita Molina

Malbuch für Erwachsene und Jugendliche.

Thema: Totenköpfe. Auch für Anfänger geeignet, denn es sind nicht nur Bilder mit sehr kleinen Ausmalformen vorhanden.

Ausmalen entspannt, macht den Kopf frei, hilft die eigene Kreativität zu fördern, unterstützt bei depressiven Verstimmungen und wirkt sich positiv auf das Wohlbefinden aus. Eine gute Musik oder ein Hörbuch dazu, ein warmer Kakao und der Tag gehört euch.

Paperback, 56 Seiten, ISBN-13: 978-3-7431-7765-9

Herstellung und Verlag:
BoD – Books on Demand, Norderstedt
ISBN 978-3-7448-0229-1

Johanna-miller.jimdo.com / Facebook: Johanna Miller

Für Druck- und Herstellungsqualität ist der Verlag verantwortlich